김수자 시집

아지매 모셔 춤추다

국립중앙도서관 출판시도서목록(CIP)

아지매 모셔 춤추다 : 김수자 시집 / 지은이: 김수자, -- 서울 : 한누리미디어, 2009
p. ; cm

ISBN 978-89-7969-336-2 03810 : ₩7000

한국 현대시 [韓國 現代詩]

811.6-KDC4
895.715-DDC21 CIP2009001395

아지매 모셔 춤추다

김수자 시집

한누리미디어

自序

잠 못 이루던 밤
한 땀 한 땀 수를 놓았다
어설픈 솜씨로
기쁨 한 가닥 슬픔 한 가닥
실에 꿰어 수를 놓는 동안
시야를 가리던 뿌연 안개 걷히고
파란 하늘이 보였다
시, 네가 있어 참 좋다

늦은 나이에 첫 시집을 내면서
내 가슴 속 남 모르던 생각을
세상에 내놓는다
자신을 뒤돌아 본다

공부할 수 있는 터전을 만들어 주신 용인향교 어르신들께 깊은 감사를 드립니다.

한 자 한 자 애써 가르쳐 주신 김태호 선생님. 그동안 무언으로 지켜봐 준 남편과 응원을 해 준 사랑하는 우리 가족. 명륜문학 급우들 모두 고맙습니다. 부족한 글에 호평을 주신 홍윤기 박사님께 무한한 감사를 드립니다.

2009. 5.

孝松 김수자 識

차례

1. 일본 속의 구다라(백제) 찾아서
— 기행시편

2. 땀방울 퉁기며

차례

3. 릴리시즘의 노래

4. 동심에 날개 달고

차례

5. 얼굴, 얼굴, 얼굴

1

일본 속의 구다라(백제) 찾아서

— 기행시편

구다라강(百済川)에서

구다라(百済, 백제) 이름 빛나는 드넓은 터전
찬양받는 우리 조상들의 숨결 뜨거운 터전
선진 문화 백제인들 건너가 이룬 구다라향(百済郷)
도래인 씨족들 빼어난 솜씨 심으니 구다라군(百済郡) 되고
아스카절(飛鳥寺)에는 구리쇠 장육불상 눈부시구나
나라땅 호류지(法隆寺, 법륭사)로 백제 위덕왕이 보내준 것은
구다라관음 불상이라는 녹나무로 만든 거룩한 백제관음
그러나 일인들은 구다라관음을 저희가 만들었다나
세계인들에게 사실을 숨겨도 되는 것인가
지금은 구다라강(百済川) 강 이름 바꿔 히라노강(平野川)이라니
그 이름 아무리 바꾸어도 백제대교 아래 유유히 흐르는
저 강물 말하리 여기는 백제 옛 터전이라고
지금도 구다라 사람, 백제인들 훈훈한 그 숨결
옛 그대로 아늑히 젖어 흐른다는 구다라강, 강, 강

아지매 모셔 춤추다

— 일본 속 백제 역사문화답사에서

오게 아지매 오.오.오.오.오게

삐죽이 나뭇가지 사뿐히 들고

바다 건너 한신(韓神) 고이 모셔

제를 올리나이다

조상님 아니시면

황금빛 벼농사 어찌 지었으랴

감읍 감읍 천배 만배

첫 소출 조상님께 올리나이다

벼 나락 씨앗째 문설주에 꽂아놓고

고마우신 농신 조상님 은덕이며

왕인박사 아니시면 백제벼 아니더면

뒷날 금싸라기 아키바리쌀 어찌 먹었으랴

백제 베틀 아니더면 벌거숭이 몸뚱이에

무명옷 어찌 걸칠 수 있었으랴

감읍 감읍 일본 천황 엎드려

백제신 한신(韓神)을 부르는 소리

아지매 오게 오.오.오.오.오게

귀에 쟁쟁 천년 또 천년 숨쉬나이다

이역 땅 자자손손 뿌리 내려 춤추나이다

* 일본 왕실 제사춤은 '한신인장무'(韓神人長舞)이다. 이 제사춤의 축문에서 백제신 초혼가는 "아지매 오게 오.오.오.오.오게"이다.

천년 녹나무

천 2백여 년 오랜 세월 따라
백제인 다무라마로 장군 사당 지키며
아직도 웅장하게 서 있는 저 큰 녹나무
그 당당한 기상
백제의 혼이 내렸나 보다
구마다신사의 자랑스런 가문
무라다 다카시 향토사가는
해마다 5월 23일에
다무라 마쓰리 제사를 지낸다고 고증한다
제사 때마다 참배자들에게 나눠주던 겐베시(과자)
다무라 마히 장군이 싸움터에서 언제나
부하 장병들에게 나누어 주었다지
이역 땅 백제의 번성으로
문화의 꽃을 피워낸 것을
천년 된 녹나무는 알고 있을 테지
칠명가의 전설도

* 다무라마로(田村麻呂, 8C)는 백제인으로서 8세기에 일본 조정의 최고위 정이대장군이었다.

조선의 향기

— '도다이지' 에서

세계에서 가장 큰
금동 불상이 있는 곳
백제인 행기 큰 스님과
백제인 양변 스님
신라 심상 대덕 스님이
이룩한 나라땅의 대가람

고구려의 조궁장관 고려 복신이 지휘하고
백제인 조불장관 국마려가 불상을 만들었다는
저 웅장한 도다이지 [동대사]

천 3백년 전 삼국 문화가 어우러져
아름다이 꽃 피운
세계에서 가장 크다는
16미터가 넘는 '비로자나대불' 큰 불상
그 앞에 머리 숙이니 우리 선조들의 얼 그윽히
숨쉬는 그곳은 지구촌 자랑거리
배달의 핏줄이 흐르는
조선의 그윽한 향기 넘친다네

* 일본 나라시에 있는 도다이지(東大寺)는 고대 한국인들이 만든 세계적인 큰 가람이다.

베틀가

베를 짜세 베를 짜
덜거덕 덜거덕 베를 짜세
이 베틀은 뉘 베틀이냐
동방의 큰 나라
백제의 베틀이라네

백제 큰 나라는 귀인들이 산다지
농사짓는 방법도
백제서 배웠다네
얼럴러 쟁기 달고
밭갈이하는 신바람
백제소가 밭을 가니
고맙고도 고마워라

오사카 옛 터전 땅 이름은 무엇이뇨
구다라 큰 나라 백제라네
조메이 천황은 어디서 사셨나
오사카 구다라궁에 사셨지

베를 짜세 베를 짜
금실홍실 베를 짜서
곤룡포를 입었으니
그 위엄 천하에 떨치고
백제문화 빛나는구나
백제강가에 백제궁 짓고
'백제대왕' 찬양했다네

* 나라땅 고료초 구다라에 백제궁을 지었던 제34대 조메이 천황(629~641 재위)을 '백제대왕' 으로 불렀다고 한다.

천 개의 촛불 살라

— 오사카 백제역사 문학탐방 여행지에서

천 개의 촛불 밝혀
제를 올리나이다
백제의 발자취
임 찾는 발걸음 가슴 설레고
선조님들 지혜에
이 심장 뜨겁게 고동칩니다
역사의 정도 앞에
가시덤불 헤쳐가며
맨발로 헤맨 세월
숨겨진 베일 한 겹씩 벗겨질 때
온 몸 떨림으로 임을 맞습니다
이제
오사카땅 행기스님 생가를 찾아
숨겨진 업적 세상에 알리려
어둠 깔린 이 저녁
그칠 줄 모르는 이 열정
제를 올리나이다
천 개의 촛불을 밝혀

* 오사카에는 백제인 대승정 이었던 행기 큰스님의 생가 '가원사' 가 1천 4백년의 긴 역사의 숨결을 이어주고 있어 찾는 이들의 우러름이 경내에 향기롭게 넘치고 있다.

버클리의 아침

— 미국 캘리포니아 버클리대학에서

태평양의 푸른 바다
캘리포니아의 파란 하늘
부드러운 바람 작은 꽃잎에게
속살거릴 때
태양은 힘차게 솟아오르는 곳
세계에서 모여든 석학들이
온 힘 다해 쌓아올리는 상아탑
높이 솟은 써더탑 앞에 서면
멀리 보이는 금문교 넘어
태평양의 원대한 꿈을 품고
배움을 불태우는 젊은 열정들
부드러운 바람이 이마를 식혀 준다

알바니 빌리지에는
아가들의 힘찬 울음소리
해맑은 웃음소리
푸른 잔디 위에 피어나고
꿈과 희망 지구촌 보석들이
저마다 더 빛을 내기 위해

학문을 갈고 닦는 곳
희망찬 버클리의 아침이여
빛나는 태양이여
영원 무궁하여라

* 현재 미국 버클리대학에서 박사학위 과정을 이수하고 있는 큰 아들을 찾아가 1개월간 함께 지내며 나라 위해 학업에 더욱 정진할 것을 다짐케 했던 정든 터전의 감상(感想)이다.

바닷물로 베를 짜서

— 알바니 빌리지에서

태평양의 바닷물을 씨줄로
하늘의 흰 구름을 날줄로
푸른 베를 짜보자

젊은 석학들 타오르는
열정은 붉은 색실
아가들 힘찬 울음소리는 녹색실
한밤에도 꺼지지 않는
창문의 불빛은 노란 색실
가시 달린 장미 분홍색실
로즈마리 보라색실
산들바람과 진종일 놀다가
바닷 속으로 숨는 햇님은 주황색실
겨울인지 모르고 핀 자목련

일곱 색깔 고운 실 엮어 베를 짜서
밤샘 공부에 지친
젊은이들 어깨에 포근하게 덮어주면
발 아래 푹신한 카페트를 깔아주면

세상은 더욱 아름다워질 거야
우리 모두 행복해질 거야

만년설의 눈물

— 뉴질랜드 남섬 마운트 쿡에서

만년설 녹아 흐르더이다
인간이 지은 죄로
지구의 온난화로
제 몸 녹여 폭포로 몸부림치더이다
벼랑끝 떨어져 하얗게 하얗게
허공에 흩어지더이다
사람들은 좋은 세상 만든다고
뽐내지만
마운트 쿡에 만년설은 녹아
통곡으로 흐르더이다
개발이라는 미명 아래
얼마나 많은 자연
훼손되어 아파했을까
우리 모두 만년설에 죄인인 것을
아 나는 이 먼 곳까지 와서
대자연의 울음을 보았나이다
오존층조차 뚫려 버린
하늘 아래서

맹물도

시리도록 해맑은 바닷물에
하늘에서 떨어졌을까
땅에서 솟았을까
솜씨 좋은 조물주가
저리도 어여쁘게 빚었을까
그 푸른 바다 위에
둥근 봉우리 둘 나란히
백빈주 갈매기떼 다정하게 둥지 틀고
물질하는 해녀들 부르는 소리

고깃배 길 여는 등대 하나
늙은 어부 양주의 다정한 눈길
예전에 빚어진 그대로의 모습
긴 세월 파도 속 그냥 서 있네
영원이 변치 않을 신비
맹물도의 모습이여

춤추는 청산도

바닷바람 휘모리 장단에
목청 한껏 돋운다
마늘 밭 아낙네는
아재 얼굴 보고 싶어 눈물이 그렁그렁
불어오는 바람 앞에 안부 물으니
만선 기쁨 전해주네

해삼아 전복아 너희들도 들었느냐
고기잡이 떠난 아재
만선 기쁨 가득 안고
어야디야 떠들어온다
갈매기도 춤을 춘다
신명난 바닷바람
나그네 옷깃 잡아 흔들며
같이 춤을 추자네

청보리 넘실넘실
고깃배 출렁출렁
유채꽃 한들한들

바닷바람 손장단에
나그네도 덩실덩실
저절로 춤이 나네

* 휘모리 장단 : 사물놀이의 빠른 가락

하늘을 만난 청자

— 2007 이천 도자기 엑스포에서

땅속 한 줌 흙
어쩌다 푸른 하늘 보았나
사십여 년 연모해 흘린 눈물
고운 체 받쳐
점토로 빚었네
빚어지다 산산조각
부서지는 아픔 얼마였을까
아픈 맘 어르고 추슬러
임 향한 오직 외길
저 한 몸 불살라
천 백 번을 굴러
푸른 하늘에 풍덩
제 몸 들어앉혔나
한 서린 청자빛이여
그대가 푸른 하늘 품고
하늘이 그댈 품었네

살아야 하는 이유

— 소록도에서

발가락이 뭉개졌을 때
멸시에 찬 눈빛
세상 끈을 놓고 싶었다
하지만 더 힘든 건
보고 싶은 얼굴 어머니
견딜 수 없는 고통에도
기도하는 어머니
포근한 품속 그리며

한 가닥 실낱 같은 삶
몸이 아플 때면
어머니와 교감을 한다
멀리 떨어져 있어도
날 감싸 안으시며
사랑한다
네가 살아 있어 행복하다신다

어머니 가슴 속엔
문둥병이 들었다

애간장 다 녹아내리는 천형의 병
내가 살아야 하는 이유는
어머니의 사랑이다
뿌리가 잘려진 채로라도

2

땀방울 퉁기며

재봉틀에 날개를 달고

— 2006 뉴스 화면을 보며

해맑은 하늘 그리운 사람
밤하늘 별빛조차 볼 수 없고
어릴적 남들이 다 가던 소풍
꿈속에서나 그려 보던 사람
어두컴컴한
먼지투성이 비좁은 공간
드르륵 드르륵 재봉틀 돌아가는 소리
꽃 한 송이 없는
메마른 다락방
입 다문 아줌마들
재봉틀에 날개를 달았다
현실의 두터운 벽을 넘어
꿈을 피워
내 손으로 지은 옷 입고
당당한 모델이 되어 무대 위에 섰다
싱그러운 들꽃에게
우리 모두 박수를 보낸다
재봉틀에 날개 단 여인들

새벽 공사장 길

질주하는 자동차 소음에 잠을 깬다
새벽 다섯 시
어정 삼거리 동백지구 들어가는 길목
길가 가로등은 졸음을 참으며 서 있는데
일터로 향하는 발길은 바쁘기만 하다
자연부락 밀쳐내고
우뚝우뚝 치세우는 아파트 밀집지역
공사장 인부들의 잰 발걸음
희망을 안고 달린다
일할 수 있는 기쁨을 안고
등짐 한 짐 지면 연로하신 어머님 얼굴
눈에 넣어도 아프지 않을 재롱둥이 아들 딸
무던히도 참아내며 살림하는 마누라 떠올리며
물려받은 몸뚱아리 하나
일 마치고 돌아갈 따뜻한 집 생각에
등짐 지는 하룻길이 즐겁기만 하다

가시 유월

모내기 끝난 논에는
땅심 받은 벼포기 제법 푸르고
망종(芒種) 갓 지난 들녘
부드러운 빛으로 흐르는데
생생하게 살아나는 옛 상처

흐드러진 넝쿨장미야
네가 피는 유월은 서러워
너의 붉은 꽃잎은
눈부시게 곱지만

네 얼굴엔 유월이 앗아간
이 땅의 아들이 보이고
네 모습은 지금도 생생한
그날의 핏빛이니

가시에 찢기고
총탄에 조각난 아득한 세월

이젠 아름다움만으로

너를 얼싸안으면 좋으련만

아직도 아픈 기억

유월의 장미

보리타작

누렇게 영글어 가는 보리
한 지게 가득 베어
도리깨로 타작한다
하지 감자 한 가마솥
배고픈 보릿고개 넘길 때
바쁘게 한 바소쿠리 떨어
절구에 찧는다
화덕에 불 지펴
보리쌀 삶고
철없는 아이들 여치집 엮어
처마 끝 매달았네
찌르르 찌르르 여치 울음소리
매미도 질세라 맴맴맴
드르륵 드르륵 보리타작 소리에
초여름 바쁜 하루 저물어 간다

작은 어촌

설렁탕집 벽면에
커다란 어촌 그림이 걸려 있다.
뜨거운 설렁탕 한 술 뜨고
시원한 바다 쳐다보다가
아예 그림 속 바위에 걸터앉았다

잔잔한 물결이 밀려와
발을 간질이고 내 시름도 씻어준다
모래밭을 맨발로 걸으며
그 옛날 미래를 꿈꾸며
희망에 벅차 오르던
풋풋한 가슴을 맛본다

먼 길 돌아 이 자리에
뜨거운 사랑 한 조각 떠있는 바닷가
이름 없는 한적한 어촌
모래밭에는
두어 꼭지 미역이 널려 있다

색실 베짜기

빗줄기를 씨줄로
바람을 날줄로 베를 짜자

괜스레 얼굴 붉혀
참꽃 뒤에 숨던 연분홍 색실

엄마 얼굴에 비친 노을
지금도 선한 주황색

녹음 짙은 싱그런 초록색
엄마 무덤가에 핀 할미꽃 부드러운 자색

한 여름 느티나무 가지 울어대는
매미의 울음소리는 무슨 색일까

가을 머리 숙인 눈부신 황금 들녘
어쩌면 반가운 이가 올 것 같은
눈 내리는 날은 하얀 색실로 엮어보자

격정의 붉은 색 실연의 뿌연 색
하늘 닮은 푸른 색 넣어 베를 짜서

오늘도 동구 밖 바라보는 그리움 절어
가슴 시린 할미에게
포근한 이불이나 되어 줄까

가을걷이 한마당

여름내 흘린 땀
비단옷 떨쳐 입고
노란 융단 깔아놓은 들판
하얀 깃털 살포시 들어
군무를 추는 억새밭 위로
한마당 춤판이 시작됐다

둥둥둥 북을 울려라
어얼싸 춤을 추자
빨간 사과도 두둥실
노란 감도 두리둥실
늙은 호박 함박웃음에
툭 떨어지는 호리알밤

둥둥둥 북소리에
상수리 도토리
후두둑 떨어져 떼굴떼굴
다람쥐도 흥에 겨워
긴 꼬리 날랜 몸짓

어얼싸 춤을 추자
풍년이요 풍년일세

너는

메마른 나의 목을 넘어
천천히 온 몸을 뜨겁게 달군다네

너는
나의 혈관을 타고 흘러
모진 마음을 부드럽게 하기도

얼음 녹아 시냇물 흐르듯
온 몸을 발그레 물들인다네

싹이 트네
잎이 나네
꽃이 피네

몽롱한 꿈속에 배 띄워
헝클어진 마음 한 덩이 실어가네
흐르는 세월처럼
너는

동백리 옛 마을

용인 삼가동에서
메주고개 넘으면 초당곡 마을
조금 내려가면 의촌 마을
안쪽에는 내촌
작은 고개 하나 넘어 언목마을
남쪽 언덕 아래 능모랭이 밤동산
실개천 건너면 백현마을
열 발짝 내려오면 느티나무 있는 평촌
어사또 행차하시다 마셨다는
물맛 좋은 어숫물 마을
맑은 시냇물에 송사리 떼지어 놀던 어정개
일제때 놓았다는 구멍 숭숭 뚫린 다리

성산밑 옛 마을이 모여
지금은 동백지구 아파트 단지
먼 훗날 어린 손녀는
제 고향을 어떻게 노래할까

동백골

정이월 꽃샘바람 볍씨 고르고
깊은 산속 황토흙 바소쿠리 져내려
고운 체에 받쳐 묘판 만들어
덮어주고 열어주며 키워낸 못자리

순한 얼굴 웃음 가득한 만순아범
성산자락 징검다리 건너
서너 마지기 논밭 가꾸니
산꿩 날아들어 둥지 틀고

풀밭 뛰어노는 산토끼
줄무늬 다람쥐
어디서 주웠는지
밤 한 톨 까먹네

논배미 웅덩이엔
황소개구리 알을 낳아
큰 눈 멀뚱멀뚱 알을 지키는데
만순아범 허리펴 하늘 보며

어허 올해는 풍년일 게야

세월이 가도 눈에 선한
동백 마을 옛 추억

이야기

풀잎에 방울방울 맺힌 이슬
솔잎 사이 사그락 부는 미풍이여
우주의 모든 평안이여
당신을 찬미하리니 아침의 태양
당신을 알기 전에는
태양도 미풍도 못 보았나이다
당신은 내 마음에 눈을 뜨게 하시고
아름다움을 보게 하셨으니 감사합니다
세찬 바람
가슴 에이는 아픔에
고개 떨구고
참을 수 없는 분노로 나를 떨리게 하심은
당신의 크신 사랑 주기 위한
예비였음을 나 이제 알았나이다
당신은 나를 아름다운 조각 되게
끌과 망치로 다듬으시어
당신을 보는 눈을 주셨습니다
예전에 못 보았던 태양을
볼 수 있는 눈을 주셨나이다

당신은

삶의 무게 짓눌려 허덕일 때
쉬어가는 섬돌이었소
한 여름 조각구름 그늘이었소
목말라 애태울 때
한 모금 청량한 물이었소

추운 겨울 눈보라 몰아쳐
서러움 복받칠 때
그 울음 그칠 때까지
저만치서 지켜보는 사랑이었소
언제나 손엔 따뜻한 차 한 잔 들고

이제 석양이 지려 하오
마지막 붉게 타는 산마루
곱디고운 노을빛 담아
소리없이 품에 안고
푸른 강물 노저어 가오
당신은 변함없는 나의 언덕이었소

3

릴리시즘의 노래

삼경에 춤

모두가 잠든 삼경
승무를 춘다
휘감아 올린 소매 긴 장삼
허공을 채고
스르르 떨어지는 손짓
낙엽 되어 서럽구나

초가지붕 하얀 박꽃
초췌한 모습 가련도 한데
휘영청 둥근달
감나무 가지 걸렸구나

잎은 다 떨어지고
바알간 홍시만 남아
벌겋게 타는 가슴
한밤에 승무를 춘다
별빛 함께 알몸이 되어

서각

어디서 뜯겼는지 모를
떨어지고 갈라진
때절은 마룻바닥 한 조각

정성으로 다듬고
사랑으로 어루만져
생명의 혼 불어넣은 새
퍼덕이는 날갯짓

닳아버린 칼도마
그 손 끝에서
한 마리 학이 되어 날아오르고

동강나 버려진 나무토막
살아있는 샘물 되어 흐르네

친구여

녹차를 두 잔 따른다오
한 잔은 당신 앞에
한 잔은 내 앞에
당신은 멀리 떠나 있지만
나는 보내지 않았다오
언제나처럼 차를 마시며
일상의 잔잔한 이야기
오늘도 나는 차를 마시며
혼자서 수다를 떤다오
이별이라는 말
내가 제일 싫어하는 말
친구여 멀리서
차를 주시구려
녹차 향기 속에
당신의 마음을 담아
우리 함께 마실 수 있게
친구여
오늘도 나는 당신을 마주하며
한 잔의 차를 마신다오

유월의 장미

하늘에서 돌 소낙비가 내렸다
철길 폭격으로 천지가 진동하던 날
열다섯 꽃다운 나이
피워 보지도 못한 채 무참히 꺾여
뼈 한 조각 거두어 가슴에 묻고
추울세라 더울세라
아들 무덤 돌보시는 어머니
행여 외로울까
넝쿨장미 가꾸어 벌 나비 날게 하고
진홍빛 꽃봉오리
아들인양 쓸어안고 가시에 찔려도
그 많은 세월 흘린 피 눈물만 하리
삭정이 손으로 어루만진 오십여 년
어머니 속마음 닮아 붉기도 한가
유월에 피어난 장미
올해도 서러워 핏빛인가

나뭇잎 사연

햇볕 따스한 봄날
잠이 덜깬 가지에
살포시 눈떠 나를 깨우시더니
연록색 예쁜 옷으로 치장하고
한여름 소낙비 후드득 후드득
장단 맞춰 노래 부르며
실바람 불 때면 산들산들
간드러진 춤도 추고

가을엔 고운 색으로 그림을 그리고
노랑 빨강 물들인 옷을 갈아입으시더니
이젠 가신다 합니까
당신이 가시면
나는 발가벗은 몸으로 어찌 삽니까
추적추적 가을 찬비라도 내리면
앙상한 가지 옹이자욱조차 가릴 수 없어
소리내어 웁니다

한 해의 나이테를 두르는 것이

이리도 아프게 합니까
정녕 가시려거든
가실 길에 하얀 눈송이로 덮어
겨울잠 재우소서
당신이 나를 깨울 때까지

파도가 실어가네

텅 빈 바닷가
파도에 실린 얼굴
조개껍질 찾는다
더듬거리며 하나 둘…

빨강 노랑 보라
다발 꽃으로 피어
까르르 웃음소리 들린다
풋풋한 향기가 좋다

그래 그때가 좋았어
빙긋이 웃음 지으며
붉은 노을 속으로
걸어가는 그림자

그리운 이름
처얼썩
파도가 실어가네

봄비 오는 날

여보게 친구
이 술 한 잔 받게나
심중에 한을 펴 올리기엔
술이 제일이지
삶의 굴곡진 비탈길이
그리도 험하던가
가시밭길 헤쳐 나오느라
상채기는 얼마나 쓰리었나
삶이란 결코 만만치가 않아
그 길을 걸어온 우리들은
마치 전쟁터에서
살아 남은 전우들처럼
그래도 우린 예까지 와서
서로 화답하니 장하지 않은가
아슬아슬 수십 길 낭떠러지
용케도 잘 넘어오지 않았나
우리는 욕심이 없다네
그저 식솔들 편안하면
큰 행복인 것을

여보게 친구
봄비 속에 마음을 적시게나

박꽃이 지는데

마음 속 깊은 곳에 고인 샘물
휘영청 달 밝은 밤이면
마중물로 퍼 올려
초가지붕 하얗게 핀
박꽃에게나
속살거려 볼까

어느 봄날
흐드러진 벚꽃 그늘 아래
하얀 밤 지새우며
이야기하던 벗
올해도 봄은 가고 꽃은 지는데
옛 생각 하려나
하얀 박꽃 소리 없이 지는데

단풍잎 사랑

나의 어여쁨
그대 책갈피 속에
고이 잠들었다가
따스한 입맞춤할 때
온몸 떨며 뜨거운
사랑 받을 테요

하얀 눈 내리는 밤
빨간 얼굴로
그대 한숨 받을 테요

잠 못 이루는 그대
머리맡에 놓여
못 다한 그리움 노래하고
언젠가 길가에 버려져도
행복했던 순간들 품어
흙 속에 묻힐 테요

보내는 봄

지는 꽃잎은 생각 말자
환한 웃음 꽃잎만 보자
바람에—
눈처럼 휘날리거든
꽃잎 따라 너울너울 춤을 추자
보내는 아픔일랑
옹이로 새기고
흩어지는 향기는
뜨거운 가슴에 품어
님의 모습 보고플 때
조금씩 꺼내어 보자
그래도 눈물이 나거든
눈물도 보석인양
색실 꿰어 목에 걸어보자

홑잎 나물
— 한택식물원에서

연분홍 진달래 꽃잎
맑은 햇살에 살포시 웃고
연둣빛 어린 새싹
스쳐가는 봄바람에
파르르 떨 때

뾰족이 나온 홑잎새
한 잎 두 잎 따서 바구니 담는데
수줍은 첫 미소 연둣빛
입술에 살포시 앉았네

봄을 여는가
나를 맞는가
화사하게 피어나는
홑잎 나물 향기 취해
봄빛 속에 젖어든다

어부랑가재

용인의 성산 끝자락 큰 바위 밑
돌돌돌 옹달샘 흐르며
어부랑가재와 놀고
질펀한 고논 돌미나리 한 뼘 키우고
복술네 할머니 나물 씻는 손 간질이고
노랑 다리 밑에서 물장구치는 아이들과
신나게 놀아주고
버들치 송사리떼 뻐끔뻐끔 붕어와 합창을 하고
빨래터 아낙네들 수다도 들어주고
고인돌 마을 앞 친구들 함께
드넓은 바다로 가렸는데
지금은 동백지구 호수에 갇혀
지루한 나날 하얗게 부서지며 춤추고 있네
뽀얀 물안개로 흩어진 자리
둘러보아도 표정 없는 아파트뿐
그 옛날 물장구치던 아이들 어디에 갔을까
긴 수염 까만 눈의 가재가 보고 싶다

* 어부랑가재 : 업혀 있는 가재
* 고논 : 샘이 솟아나는 논

산수유 축제

엄동설한 긴긴 밤
한 땀 한 땀 수놓은 정
임 오신단 기별에
노란 꽃등 매달았네

설레는 마음 담아
처마 끝에 달았더니
바람 타고 오시는 님
꽃등 옆에 내려앉네

산수유 약주 한 잔
두 손 받쳐 올릴 적에
노란 꽃잎 녹아내린
눈발 같은 꽃향일세

한 잔 술 마셔 보니
무릉도원 따로 없다
정에 취해 향기 취해
아리아리 이내 사랑

산수유 꽃이 져도
조롱조롱 빨간 열매
꽃보다 더 고운
즐거운 잔치 마당
산수유 축제라네

다랭이 마을

바닷가 언덕에 올망졸망
다랭이 마을
어머니 치마폭 같은
정겨운 마을
눈 시리도록 푸른 바다
이제나 저제나
고깃배 기다리는
다랭이 논 살피엔
들꽃도 아름다워
풀향기 바람에 날려
해 저무는 줄 모르는데
어느새 어스름 달빛
먼 바다 반짝이는 등대
통통배 뱃길 찾아 돌아오려나

4

동심에 날개 달고

나비가족

알바니 빌리지 파란 잔디 위에
나비들의 춤이 시작됐네
첫째 나비 핑크빛 드레스의
우아한 나랫짓
둘째 나비 보랏빛 드레스의
힘찬 나랫짓
셋째 나비 앙징스런 귀여운 춤
나풀나풀 춤추다
작은 꽃잎에 입맞춤하네
파란 하늘의 흰 구름은
요트처럼 흘러 가고
풀잎에 반짝이는 햇님도
나비 따라 나풀나풀
엄마 나비
아빠 나비
바람도 살랑살랑
빌리지 나비가족
사랑 가득
행복 가득

* 태평양이 멀리 바라다보이는 '알바니 빌리지'는 버클리대학이 있는 마을.

향교 가는 길

맑은 시냇가 언덕엔
복사꽃 활짝 웃고
민들레 지천으로 피어
노오랗게 물들이고
높은 전각엔
선현님 혼을 모셔 기리고
충. 효. 예.
뜻을 받들어 모시는 곳

예전엔 이곳에서
가르침 받고
높은 이상과 희망
의지의 힘까지도
깨우치셨다 한다

지금 엷어지는
그 정신 애타 하시며
큰 대문 활짝 열어 손짓하신다
참인간 되라

가르치심을 받으라신다
하마비 마을 향교 가는 길

강물 바다

하늘 닮은 바다
강물이 쉼 없이 흘러들어도
넘칠 줄 모르네
바다로 온 강물은
산목련 보고 싶어
하얗게 부서지며
모래톱을 적시네
먼 고향 술막골
가재가 보고 싶어
밤새 뒤척이는 강물
바다가 품어 안고
철석철석 잠을 재우네
숱한 인연의 끈
다 내려놓으면
언제나 넘치지 않는
바다가 된다고
바다가 말해 주네

작은 소녀의 노래

— 전국 시낭송대회를 보고

퐁당퐁당 물장구치다
어느새 언덕에 오르고
내리막으로 또르르 굴러
굽이굽이 산골짝 맴돌다
성난 파도 온몸 틀어 산 위에 선다

한 편의 시
지은이의 속맘 넘나들며
애절한 눈물 흘리고
작은 새 한 마리
쪼르르 쫑알쫑알 노래 부르네

사뿐사뿐 춤추며 나비가 되고
날개를 활짝 편 독수리처럼
드높은 창공을 날아오르다
사르르 구르는 이슬이 되어
반짝반짝 빛나네

호박꽃 엄마

아침 햇살에
순하게 웃는 호박꽃
벌나비 꿀을 훔쳐 가도
웃기만 한다

한 아름 넓은 잎사귀
넉넉한 품이
울엄마 닮았다

오뉴월 따가운 볕
주렁주렁 열매 맺어
풋풋한 애호박
한 소쿠리 담긴다

호박전 부쳐
동네 어르신 대접하고
맛있게 드시는 모습 보며
흐뭇해 하시던
울엄마 웃는 모습 닮았다

낙엽

온몸 남은 열정
맘속 깊이 간직했던 사랑
빨강 노랑 물들여도
슬픈 건
찬 서리 내려 빛바랜 나뭇잎
이젠 흙으로 돌아가야 하는데
아직 바람에 날리는 것은
못 다한 그리움일까
스산한 이 저녁
나뭇잎 하나 허공을 맴도네

봄노래

살랑살랑 봄바람
꽃소식 가져오네
노오란 산수유
꽃등 되어 피어나고
양지쪽 목련화
구름인양 흐드러졌다

수줍은 진달래
살포시 고개 내밀고
개나리 활짝 웃음에
허리 굽은 할미꽃이 반기네

나풀나풀 춤추는 꽃나비떼
새들도 소리 높여 노래하네

할미꽃

검붉은 꽃잎 황금 꽃술 숨기고
봄바람이 살랑살랑 건드려도
고개 들지 않는다

무슨 비밀 있을까?

자색 부드러운 얼굴
황금 족두리 쓴 할미꽃 아씨
살포시 고개 숙여
낭군을 기다린다

할미꽃 찾아낼까
안달난 민들레
홀씨 날려
하얗게 족두리에 앉았다

신랑은 각시를 찾지 못하고
각시는 족두리가 무거워
고개를 푹 숙인 채

신랑을 기다리다

허리까지 굽었다

봄비

꽁꽁 언 마음
방울방울 떨어지는가
그리움 뽀얗게
피어난 자리
밤새 소리 없이
흘린 눈물
겨울 이겨낸
마음일 거야

무거운 흙 들치고
힘겹게 자란 새싹들
가지 끝에 봉긋
웃음 띄운 꽃잎도
돌돌 흐르는 시냇물도
대지를 깨우는
참소리일 게야

진눈깨비

겨울 보내기 못내 아쉬워
밤새 울다 웃다 진눈깨비 날린다
먼 산 진달래 꽃봉오리 봉긋
양지쪽 목련화 금방이라도
터질 듯한데
봄기운에 밀린 눈은
추적추적 녹아내리고
세월에 바랜 흰서리
내 머리 위에도 내려
울다가 웃는다

원천 호수 쉼터

창가 앉아 호수를 본다
파란 하늘 한 아름
풍덩 호수에 빠져
온갖 시름 헹구어내고
하얀 구름 한 조각
돛단배 띄워 물 위를 흐른다

삶의 고단함도
명치끝 뭉친 실타래도
하얀 오리떼 등에 실어
떠나 보내고
통기타 치는 가수
아름다운 선율에 젖어
마음 비운다

쏟아지는 햇살
금빛으로 날아
어느새 내 마음도
잔잔한 호수 위에

날개 되어 날으네

원천 호수 레이크카페

가을 여심

하얗게 소복하고
금잔디에 누웠소
바람 불어와
잎새 흔들고
파란 하늘이
내 곁으로 내려와
땅심 젖어드는 미소
낙엽 속에 묻힌다
또 하나의 잉태를 꿈꾸며
긴 아픔 껴안는다

새벽종 울림으로

해방동이 태어나서
나라 허리 잘리는
그 아픔 겪고
사일구의 용틀임
새벽종이 울릴 때
동네마다 마을회관 스피커 외치는 소리

잘 살아보자고
집집마다 풀 베어 퇴비 만들고
보릿고개 없애자고
허리띠 졸라매고
새벽부터 밤 늦게까지
허리 한 번 못 펴 보고

어린 자식 한 자라도 더 깨우쳐
너희는 고생 않고 잘 살아 보아라
손발이 다 닳도록 키워내고
이젠—
뼈 마디마디 아픔만 남아

육십여 년 걸어온 나의 길
저 새벽종 울림으로

5

얼굴, 얼굴, 얼굴

마당발로 뛰었구나

첫날부터
큰 문수의 신발이 신겨졌다
새색시가
큰 신발을 질질 끌고 찬거리를 사야 하니
진땀이 난다
꼭 맞는 신발 신고 싶지만
팔자란 것이 꽉 틀어쥐고 있는지
아무도 내게 맞는 신발을 주지 않았다
울고 있는 나에게 들려오는 소리
네 발을 키워 봐
숨을 잔뜩 들이마시고
온 몸에 힘을 주고
열 발가락을 쭉 펴라
날마다 발 키우기에 힘을 쓴다
신발 속 발가락들이
나무 뿌리처럼 서로 엉켜
이젠 벗겨지지 않는 신발 신고
마당발 되어 뛰어다닌다

아들에게 보내는 편지

아이야 속으로 울음 참는 아이야
시대를 탓하느냐
아름답게 피려고
봉우리 솟았지만
구름에 가려 피지 못한 가슴앓이

또 한 해가 저물어 가고
가슴앓이 옹이는
점점 커져
네 목을 조이고 있구나

두 팔 높이 들어라
어깨를 펴라
설령 구름이 가렸다지만
네게는 푸른 기상 있어
아름답게 꽃 피울 수 있단다

저 추위를 이겨낸 보리밭에서
인내의 덕을 배우기라도 하렴
말 못하고 속울음 삼키는 아이야

토란국 생각

거실에 걸려 있는
가족사진 액자 속에
겹쳐 보이는 낯익은 얼굴
누굴까
주름잡힌 온화한 모습
어머님이시구나
먼 곳 가셨어도
우리를 지켜보고 계시네
제사 때나 꺼내 보는 사진 한 장
가족사진 액자 곁에
나란히 걸어놓고
나지막이 속삭인다
어머님 올 추석엔
송편소로 무얼 넣을까요
어머님이 곁에 계시는 듯하다
듣고 싶다 어머님 음성
생전에 좋아하시던
토란국도 맛있게 끓일게요
그리운 어머님

배웅

맑은 햇살 떨어져
장독대 부서지는 빛
서럽도록 아름다운 가을 아침
아이들 어깨에 책가방 메워
학교에 보낸다
손 흔들며 가는 등굣길
야트막한 언덕길 내달리는
아이들의 잰 걸음에
어미는 손을 모아
가슴에 올려놓으며
나직하게 읊조린다
대지를 비추는 태양이여
아이들의 앞길을 비추소서
영롱한 이슬 머금어
저 아이들의 영혼을 맑게 하소서
코스모스 무리지어 핀 언덕에서
오래도록 어미는 아이들을 향해
손을 흔든다

내 고향 옛집

차 한 잔 들고
창가에 선다
어느새 마음은 옛 고향으로
초가지붕 빨간 고추 널려 있고
저녁 연기 가늘게 피어오른다
외양간엔 아직도 여물 씹는 누렁소

저만치 고갯길
꾸벅꾸벅 걸어오는 이
저녁짓던 아낙의 눈엔
반가움이 서린다
삽살이도 반가워 꼬리를 친다
내 어릴적 고향
산모롱이 물레방아는
아직도 쿵더쿵 방아를 찧으려나
내 마음 속 그리는
한 폭의 옛집

반백의 웃음

이마에 땀방울
푹푹 찌는 삼복더위에
얼음을 품고 산다
성산에 솔바람소리
뜰에 핀 봉선화 소담스레 웃어도
누가 이 삼복에 언 가슴 녹여 줄까
반백의 얼굴 환히 웃어 주면
맺힌 가슴 풀릴까
흘러가는 저 구름아
푸른 하늘 건너려던
님의 시름 가져가다오

긴 터널 지나

예전엔 파란 하늘도
뿌옇게만 보였습니다
연분홍 진달래가
흐릿하게만 보였습니다
도시의 현란한 불빛들도
보이지 않고
모진 고통 속에
겨우 숨 한 가닥 고르고 살았습니다

그러나 내 작은 두 아들의
눈망울이 반짝였습니다
그 눈빛이
내가 터널을 빠져 나올 수 있는
한 가닥 불빛이었습니다

어둠을 빠져 나온 지금
파란 하늘 붉은 영산홍꽃이 너무나 곱습니다
오가는 사람들 모습도
환하게 웃는 아침 햇살도

모두 모두 아름답게 보입니다

긴 터널 빠져 나온 지금은

둘만의 미소

식구들 잠 깰세라
살금살금 달그락 달그락
첫 새벽 설음식 만드시는 어머니

고단한 몸 조금 더 쉬거라
아직 이르다 눈 좀 더 붙이거라

친정집은 점점 낯설어지고
어느새 시어미가 되었네

어머님 깊으신 정 마음 밭에 새겨져
나도 모르게 닮아버린 시어머님의 모습

며느리와 나들이 길에
따님이슈? 묻는 사람
네!
서로 마주친 며느리와의 눈빛
의미 있는 둘만의 미소

올망졸망 손주들 재롱 보며
웃음꽃 피울 때
어머님도 보고 계신가요

사진 속에 미소짓는 어머니와
눈길이 딱 마주쳤네
의미 있는 둘만의 미소

옹달샘 고향

봄바람 살랑 옹달샘 깨어나면
어느새 시냇가엔 솜털 버들개지 피어나고
빈 논엔 노란 꽃다지 하얀 냉이꽃 어울려 피고
논둑엔 쇠스랑 별금다지 소리쟁이 나물들이
뾰직히 고개 내밀어 봄 하늘 쳐다보네

이랴 워워 누렁소 밭을 갈고
양지쪽 언덕으로 수줍은 진달래 피어
노란 개나리 손짓할 때

마른논 봇물 대어 가래질 바쁜 농부님네
얼룩이 큰 개구리 고논에 알을 낳아
올챙이 헤엄치고
노랑나비 너울너울 춤추며
돌밥 이고 가는 아낙네의 발길 재촉하네

겨울잠 깨어난 물레방아
쿵더쿵 방아찧던 그곳
내 가슴에 남아 있는
그리운 고향의 옹달샘

활짝 웃는 봄

어미젖 쭈욱죽 빨아 먹고
하루가 다르게 자라는
우리 손녀
어린 새싹 닮았나
수정 빛 맑은 햇살에
방긋 웃는 얼굴은
봄꽃인양 앙증맞다

사랑 먹고 튼실한 우리 아기
고운 흙속에 자라는
어린 새싹들

손녀 새싹 꿈이 자란다
엄마 아빠 희망이 자란다
할머니 할아버지 주름진 얼굴에도
웃음꽃이 활짝 핀다

따스한 봄날에
온 식구들 환한 웃음
봄꽃을 닮았네

크리스마스 카드

작은 성모상 앞에
세 살배기 어린 손녀
다소곳이 고개 숙여
기도드린다
앙증맞은 두 손 모으고

손녀 옆엔 늙은 할미
무릎 꿇어 기도드린다
어린 손녀 기도에
가슴 속에 담는 할미의 미소

손녀 마음 채워 가고
할미 마음 하나 된다
눈에 어린 성모님 얼굴
그래 그렇게만 닮아가렴

주름진 할미 얼굴
손녀 얼굴로
잔잔한 웃음 담긴

크리스마스 카드 한 장
그림으로 반짝이네

기도의 힘

숲속에 뾰족한 작은 교회
새벽 종소리
하얀 눈 소복히 내린 길
오늘도 걷는 여인
상기된 얼굴 잔잔한 미소로
먼저 간 남편 만나러 간다

피난 때 약 한 번 못 써 보고
떠나 보낸 둘째 딸도 만난다

이젠 설움도 웃음으로
가슴 깊은 곳
살아 있는 이들 만나러 간다

꼭두새벽 교회당 안에선
반가운 만남 환한 미소가 넘친다

속 모르는 남들은 그저
은혜가 충만하단다

동생 태어난 날

눈이 휘둥그레진 아기
그 큰 눈이 더욱 커졌다
엄마품이 내 자리였는데

엄마품에 안기고 싶어
슬쩍 아기를 밀어보지만
왠지 안 될 것같아 심술만 나고

엄마를 잃을 것 같은 불안한 마음에
엄마 옆을 맴돌지만
엄마는 귀찮기만 한가 보다

허전한 마음 달랠 길 없어
또 울음 울고 떼만 쓰는
예쁜 아기, 우리 승주

얼굴 하나

차 한 잔 들고 창가에 섰다
한 모금 찻잔 속에
보고 싶은 얼굴
고향집 사립문
미루나무 줄지어 선 신작로
한 자락 고향 내음 실어온다

지금도 차가운 바람 시린 얼굴
돌담 밖 서성이고 있을까
요숫골 깊은 골짜기
맑은 물 흐르고 있을까
바람이 실어온 얼굴 하나
찻잔 속에 빙긋이 웃고 있다

일본 속 한국 뿌리 추구하는 시인의 빛나는 문학적 자세

홍 윤 기

한국외국어대 [한국시] 담당 교수
일본 센슈대 국문학과 문학박사

시인이 참다운 역사 의식을 시문학으로 승화시키는 데 앞장선다는 것은 매우 값진 문학적 작업이 아닐 수 없다. 김수자 시인은 그 동안 일본 속의 우리 민족의 눈부신 발자취를 찾아다니며 시를 써냈다는 데 우선 독자들을 주목시키고 있다.

정체조차 알 길 없는 광대한 아프리카 땅속을 누빈 알렉스 헤일리(Alex Haley)라는 미국의 흑인 작가가 있다. 알렉스 헤일리는 자기 조상이 누구였는지 캐내느라 정처없는 광막한 아프리카 대륙을 찾아가 조상의 발자취를 속속들이 파내었다.

그는 거기서 캐낸 조상 쿤타 킨테에서부터 알렉스 헤일리 자기 자신에 이르기까지 7대에 걸친 자기 집안 흑인 노예 가족들의 눈물과 고통의 비참한 발자취를 찾아내어

[뿌리](Roots)라는 전기소설을 써냈다. 그가 쓴 [뿌리]는 역사와 사회 고발적인 시각에서 세계인의 찬사 속에 지난 1970년대부터 오늘에 이르기까지 모든 이의 공감과 찬양을 받기에 마땅하다고 본다. 알렉스 헤일리는 이 전기소설로 '노예제도의 기록에 있어 중대한 기여를 했다'는 점에서 영예의 퓰리쳐 특별상도 수상했다. 그 당시만 해도 다인종, 다문화 사회라는 집안의 발자취에 관심이 없었던 사람들로 하여금 뿌리 찾기 운동을 고무시키게 되었다.

그런데 우리의 이웃 섬나라 일본이란 과연 어떻게 문화가 싹트고 역사가 시작되었는지 이 시집의 독자 여러분은 그 뿌리도 잘 아는지 묻고 싶다. 현재는 일본이 경제대국이요 세계적인 선진국이라고 큰소리치고 있다. 여기 김수자 시집을 대하며 그러한 일본의 옛날이라는 역사의 발자취에 관해서 이제 우리도 관심을 기울일 때가 왔다고 보련다. 일본의 발자취에 대해서는 우리가 부지런히 찾아다니기만 하더라도 여러 가지 문헌이 있으며 여러 가지 문화재와 고고학적인 유물들이 많이 전해 오고 있다. 누구도 그것을 숨기려 하여도 숨길 수 없는 역사 자료들을 이제부터 우리가 하나하나 함께 검토해 보는 것은 어떨까.

미개한 고대 일본에 건너가 '벼농사'를 가르쳐주고 대장간이 건너가서 쇠붙이로 칼과 삽과 괭이 만드는 법을 가르쳐준 것은 한국인들이었다. 불교 경전과 불상을 모시고 가서 절을 세우고 음악을 가르치고 제사 지내는 법도 일본에게 가르쳐준 것이 한국인들이라는 사실을 여러분은 자세하게 알고 있는가? 일본 글자도 한국인들이 만들었다는 사실을 알아보기로 하자.

일본은 오늘에 와서 우리가 가져다준 국보 문화재들을 자기네가 만들었다고 주장하기도 하는데 그것이 과연 선진국의 올바른 자세인지도 시인의 작품을 통해서 함께 살펴보기로 하자.

그 옛날 일본에는 오사카와 나라땅에 각기 [구다라강](百濟川)으로 부르는 [백제강]들이 두 곳이나 있었다. 그러나 일제는 백제강 이름을 없애 버렸다. 김수자 시인은 그 사실 등에 대해 다음처럼 썼다.

구다라(百済, 백제) 이름 빛나는 드넓은 터전
찬양받는 우리 조상들의 숨결 뜨거운 터전
선진 문화 백제인들 건너가 이룬 구다라향(百済郷)
도래인 씨족들 빼어난 솜씨 심으니 구다라군(百済郡) 되고
아스카절(飛鳥寺)에는 구리쇠 장육불상 눈부시구나
나라땅 호류지(法隆寺, 법륭사)로 백제 위덕왕이 보내준 것은
구다라관음 불상이라는 녹나무로 만든 거룩한 백제관음
그러나 일인들은 구다라관음을 저희가 만들었다나
세계인들에게 사실을 숨겨도 되는 것인가
지금은 구다라강(百済川) 강 이름 바꿔 히라노강(平野川)이라니
그 이름 아무리 바꾸어도 백제대교 아래 유유히 흐르는
저 강물 말하리 여기는 백제 옛 터전이라고
지금도 구다라 사람, 백제인들 훈훈한 그 숨결

옛 그대로 아늑히 젖어 흐른다는 구다라강, 강, 강

— [구다라강에서] 전문

오늘날 일본이 세계에 자랑하는 대표적인 국보 불상은 백제관음이다. 백제 제27대 위덕왕(554~598 재위)이 7세기 초에 나라땅의 왜나라 왕실로 보내준 훌륭한 녹나무 불상이다. 흡사 늘씬한 여성처럼 쭉 뻗은 키 2m 28㎝의 입상으로 현재 일본 나라땅 '호류지' (법륭사, 607년 백제 건축가들이 세움) 경내의 '구다라관음당' 안에 모셔져 있으며, 누구나 관람이 가능하다. 일본 각지에서 일인들이 나라땅의 호류지(이하 법륭사)를 찾아가는 것은 이 백제관음을 보기 위해서란다. 그만큼 일인들의 찬양을 받고 있는 것이 백제에서 건너간 백제(구다라)관음이다. 그러기에 일본의 저명학자나 명사치고 옛날부터 이 불상에 대하여 글을 쓰지 않은 사람이 거의 없을 정도다.

백제관음은 백제의 불상 조각가가 한 둥치의 '녹나무'로 만든 입상이다. 녹나무란 좀약을 만드는 방충제의 원료가 되는 목재인 만큼 벌레가 먹거나 쉽사리 썩지 않는다. 백제인 조각가의 슬기라고 본다. 역사에 오래도록 남도록 하기 위해 만든 이 녹나무 불상은 장장 1300여년을 왜나라 터전에서 아름다운 자태 그대로 줄기차게 버티고 서 있다.

찬란한 고대 백제 예술혼이 살아 넘치고 있는 이 백제관음이 백제에서 왔다고 하는 발자취는 필자가 지난 날 발굴한 호류지(법륭사) 고문서인 [제당불체수량기 금당 지내](諸堂仏体数量記 金堂之內)'에 "백제국으로부터 건너왔다"라고 쓰여 있는 데서 알아냈다. 저명한 역사지리학자였던 요시다 도고(1864~1918) 박사가 저술한 [대일본지명사서](1900)에서도 "이 불상을 가리켜서 백제관음으로 부르게 된 것은 백제국에서 보내준 나무불상의 관음상이기 때문이다"라고 했다.

지난 1997년에 일본 정부는 현재 일본 국보로 가장 이름난 [백제관음](구다라관음) 불상을 나라땅의 호류지(법륭사)에서 파리의 루브르박물관에 가져가 전시하기 위하여 직접 프랑스로 가지고 갔다. 그들은 파리에 가서 "백제관음은 한국 것이 아니고 일본에서 만들었다"고 소리쳤다. 자기네가 예전에 썼던 호류지(법륭사)의 고문서에도 "백제에서 보내준 불상이다"라는 증서가 있지만.

그러기에 김수자 시인은 "나라땅 호류지(法隆寺, 법륭사)로 백제 위덕왕이 보내준 것은/ 구다라관음 불상이라는 녹나무로 만든 거룩한 백제관음/ 그러나 일인들은 구다라관음을 저희가 만들었다나/ 세계인들에게 사실을 숨겨도 되는 것인가"(중반부)라고 지적한다.

그럼에도 일본 문화재 관계 당국자들에 의해 백제관음은 수모를 당했다. 1997년 9월 10일부터 2주일간 백제관음이 프랑스에 나들이하여 파리 루브르박물관 '드농관'에 특별 전시되어 세계인의 찬사를 받았다. 그 당시 백제관음은 프랑스 정부가 제정한 '일본의 해' 기념으로 일본 나라땅 법륭사로부터 파리로 공수되었다. 막대한 보험료가 달렸다는 이 백제 불상에 관한 전시실 '게시문'은 다음과 같았다.

"이 백제관음은 한국(백제)으로부터 건너왔다는 '전설' 이 있다. 그러나 비슷한 양식의 목조불상이 그 당시 중국이나 한국의 어디에서도 발견되지 않는다는 점에 비추어 '의심할 나위 없이' 일본에서 제작되었다고 확신할 수 있다."

법륭사 고문서에 "백제에서 건너왔다"는 옛날 문헌이 입증하고 있으나, 게시문은 "의심할 나위 없이 일본제임을 확신한다"고 거짓 주장한 것이다.

또한 2001년 6월에 간행되어 한일간에 큰 말썽을 빚은 중학교 역사책도 엉뚱한 주장에 동조했다. 이 책의 대표 집필자 니시오 간지는 이른바 [새로운 역사 교과서]에서도 백제관음의 컬러 사진을 화보(3쪽)에 싣고, "백제관음은 아스카시대(592~710)를 대표하는 아름답고 빼어난 불상이다. 녹나무는 조선에 자생하지 않으므로 백제관음은 일본에서 만든 것임을 알 수 있다"고 주장하고 있다. 일본에서 이 교과서는 해마다 일부 학교가 채택하여 쓰고 있다. 1971년 7월 8일, 충남 공주에서 발굴된 무령왕릉의 무령왕 머리맡에서 발견된 장식의 연화당초문은 백제관음의 보관(冠) 장식과 똑같다. 백제관음이 백제에서 건너간 불교미술품이라는 증거다.

김수자 시인은 [구다라강(百濟川)에서] 시에서 잇대어 함축적으로 백제의 눈부신 발자취를 고증하며 노래한다. "지금은 구다라강(百濟川) 강 이름 바꿔 히라노강(平野川)이라니/ 그 이름 아무리 바꾸어도 백제대교(百濟大橋) 아래 유유히 흐르는/ 저 강물 말하리 여기는 백제 옛 터전이라고/ 지금도 구다라 사람, 백제인들 훈훈한 그 숨결/ 옛 그대로 아늑히 젖어 흐른다는 구다라강, 강, 강" (후반부)라고.

일본 오사카 시내 백제인 옛 터전으로 이름난 오사카의 히라노(平野) 지역에는 백제인들이 세운 고대의 사당인 구마다신사(杭全神社, 오사카시 히라노구 히라노미야초 2-1-67)가 유명하다. 바로 이곳에는 일본 철도의 '구다라역' (百済駅, 백제역) 역시 우리가 주목하기에 족하다. 이 지역은 고대에 백제인 고관들의 터전으로서 이름난 '구다라고' (百済郷, 백제향) 터전으로서 지금도 널리 알려져 온다. 그러기에 백제역뿐 아니라 오사카 두 번째의 백제교인 '구다라하시' (百済橋, 백제교) 다리가 이곳에서도 역시 제 이름을 버젓이 갖고 있다.

이 터전 백제인 사당에는 [천년 녹나무]가 있어 김수자 시인은 다음처럼 노래했다.

천 2백여 년 오랜 세월 따라
백제인 다무라마로 장군 사당 지키며
아직도 웅장하게 서 있는 저 큰 녹나무
그 당당한 기상
백제의 혼이 내렸나 보다
구마다신사의 자랑스런 가문
무라다 다카시 향토사가는
해마다 5월 23일에

다무라 마쓰리 제사를 지낸다고 고증한다
제사 때마다 참배자들에게 나눠주던 겐베시(과자)
다무라 마히 장군이 싸움터에서 언제나
부하 장병들에게 나누어 주었다지
이역 땅 백제의 번성으로
문화의 꽃을 피워낸 것을
천년 된 녹나무는 알고 있을 테지
칠명가의 전설도

— 〔천년 녹나무〕 전문

다무라마로 장군은 정이대장군이었다. 저명한 무라다 다카시(村田隆志) 향토사학자는 이 고장 '구다라고'(百済郷, 백제향)를 오늘에는 '히라노고'(平野郷)라고 명칭이 바뀐 것 등을 지적하면서, 이 고장이 고대 백제 왕족과 그들 집단의 유서 깊은 터전임을 다음처럼 밝혔다.

"히라노고 지역은 오사카시의 히라노구(平野)와 히가시스미요시구(東住吉)에 걸치는 넓은 고장으로서 히라노강의 자연 제방 위쪽을 차지하고 있다. 동쪽으로는 구라쓰구리(鞍作)의 고장이고, 서쪽 및 북서부는 백제인들의 주거지로 알려진 지역이다. 또한 이 고장 사카노 우에씨(坂上氏)의 조상도 백제인이라는 점 등 히라노 주변의 개발은 이들 선진 문화를 가진 도래인 씨족들의 우수한 기술에 의해 크게 이루어졌다"([平野郷小史], 2005)고 한다.

"제사 때마다 참배자들에게 나눠주던 겐베시(과자)/ 다무라 마히 장군이 싸움터에서 언제나/ 부하 장병들에게 나누어 주었다지/ 이역 땅 백제의 번성으로/ 문화의 꽃을 피워낸 것을/ 천년 된 녹나무는 알고 있을 테지/ 칠명가의 전설도"(후반부).

전쟁터에서 지친 병사들에게 겐베시(과자)를 나누어 주었다는 다무라마로 장군의 발자취가 제사때 등장한다는 이 고장 오사카의 백제 들판. 그 구다라노(百済野) 들녘을 동남쪽으로부터 서북쪽을 향해 흐르던 강물도 구다라강(百済川)이었으나 지금은 히라노강 또는 히라노운하로 이름이 바뀌었다. 다만 두 곳의 백제교가 옛날 지명을 고스란히 전해 준다.

"구다라강의 강 이름도 1970년대 초까지는 있었으나 어느 사이엔가 그 명칭이 슬며시 사라졌다"고 하는 것이 현지 주민들의 말이다. 저명한 사학자 이마이 게이치(今井啓一) 교수도 "최근까지 구다라강이라고 불렀다"([化人と社寺], 1974)고 지적했었다. 그러므로 백제강이라는 행정지명이 자취를 감춘 것은 1970년대 중엽부터가 아닌가 한다. 구다라강하면 고대 일본에 구다라노 가와나리(川成)라는 백제인 대화백이 있었고 그에 관한 일화가 1915년 당시에도 일본 정부(문부성) 교과서에 한 과목으로 나왔다가 3.1운동 이후 빠져 버렸다.

일본 고대의 나라땅(奈良)의 왕궁 지역은 땅의 이름 그 자체가 모두 '구다라'(百済, 백제)였다. 그곳은 '구다라노'(百済野, 백제들판)이라는 평야의 명칭을 불렀고, '구다라강'(百済川, 백제강)이라는 이름의 강물이 흐르고 있었다. 그 구다라강 강변에 사는 백성들은 그들의 임금(왕)인 왜나라

제34대 조메이천황(舒明天皇, 629~641 재위)을 위해서 '구다라궁'(百済宮)을 짓고, '구다라대사'(百済大寺, 백제 큰 절)도 건축했다. 물론 조메이천황은 그 구다라궁(百済宮)에서 살았다([일본서기]). 조메이천황은 백제인 왕족의 후손이었다. 그러기에 일본의 세이조대학 사학과 사에키 아리키요(佐伯有清) 교수는 그 당시 "백성들은 조메이천황을 '구다라대왕'(百済大王, 백제대왕)이라고 불렀을 것 같다"([新撰姓氏錄研究の研究篇], 1970)라고 지적한 역사학자였다. 어째서 백성들은 조메이천황을 '구다라대왕' 이라고 불렀던 것인가. 그러한 발자취를 김수자 시인은 [베틀가]로써 노래하기도 했다.

베를 짜세 베를 짜
덜거덕 덜거덕 베를 짜세
이 베틀은 뉘 베틀이냐
동방의 큰 나라
백제의 베틀이라네

백제 큰 나라는 귀인들이 산다지
농사짓는 방법도
백제서 배웠다네
얼럴러 쟁기 달고
밭갈이하는 신바람
백제소가 밭을 가니
고맙고도 고마워라

오사카 옛 터전 땅 이름은 무엇이뇨
구다라 큰 나라 백제라네
조메이 천황은 어디서 사셨나
오사카 구다라궁에 사셨지

베를 짜세 베를 짜
금실홍실 베를 짜서
곤룡포를 입었으니
그 위엄 천하에 떨치고
백제문화 빛나는구나
백제강가에 백제궁 짓고
'백제대왕' 찬양했다네

— [베틀가] 전문

나라땅 고료초 구다라에 백제궁을 지었던 제34대 조메이천황을 '백제대왕'으로 불렀다고 하는 일본 학자의 연구를 공감한 김수자 시인의 감동은 우리를 고무시키기에 족하다. 두 말할 나위 없이 조메이천황은 백제 사람이었기 때문에 '백제대왕'으로 찬양받았다. 지금부터 1천2백년 전인 서기 815년에 일본 왕실에서 펴낸 [신찬성씨록](新撰姓氏錄)이라는 왕실 족보를 읽어보면 그런 사실이 밝혀져 있다. 상세한 내용은 [신찬성씨록] 등에 관해 필자가 자세하게 쓴 졸문(홍윤기, [백제—일본왕실 혈연 실체 발굴], [新東亞] 2008년 4월호 발표, 연구론 참조 요망)이 있다. [신찬성씨록]에는 조메이천황의 친할아버지였던 "일본 제30대 비타

쓰천황(敏達天皇, 572~585 재위)은 백제인 왕족이다"라는 역사 기사가 밝혀져 있다. 또한 일본 고대사학의 태두(泰斗) 우에다 마사아키(上田正昭) 박사도 필자에게 직접 텔레비전 방송 화면에서 "비타쓰천황은 백제인 왕족이다"(SBS-TV, 2007. 5. 4. 박종필 PD 연출)고 확언했다.

김수자 시인은 한 가지씩 모든 일본 속의 백제 문화의 뿌리와 그 역사에 대하여 함축적으로 노래하여 우리를 일깨워 준다.

세계에서 가장 큰
금동 불상이 있는 곳
백제인 행기 큰 스님과
백제인 양변 스님
신라 심상 대덕 스님이
이룩한 나라땅의 대가람

고구려의 조궁장관 고려 복신이 지휘하고
백제인 조불장관 국마려가 불상을 만들었다는
저 웅장한 도다이지 [동대사]

천 3백년 전 삼국 문화가 어우러져
아름다이 꽃 피운
세계에서 가장 크다는
16미터가 넘는 '비로자나대불' 큰 불상
그 앞에 머리 숙이니 우리 선조들의 얼 그윽히

숨쉬는 그곳은 지구촌 자랑거리
배달의 핏줄이 흐르는
조선의 그윽한 향기 넘친다네

— 〔조선의 향기〕 전문

현재 일본에는 '나라'(奈良)라는 큰 도시가 있다. 옛날 일본의 도읍지인 왕도였던 곳이다. 이 곳에는 도다이지(동대사)라는 거대한 사찰이 있다. 세계에서 가장 큰 불당 건물과 금동 불상이 있어서 일본뿐 아니라 세계에도 널리 알려진 명소이다. 나라시대에 이 도다이지(동대사)를 세운 것은 백제인들을 주축으로 하여 신라, 고구려인들이었다.

그 당시는 백제계열의 '나라 왕조시대' 였다. 서기 749년에 백제인 '행기'(668~749)라는 스님이 진두지휘하여 세운 도다이지(이하 동대사) 큰 가람이다. 행기스님은 그 당시 국왕이었던 쇼무천황이 동대사를 짓도록 도와달라는 청을 받고 이 큰 가람을 앞장서서 짓는 지도자 노릇을 했다. 이때 행기스님은 벼슬이 '대승정' 이라고 하는 나라의 가장 지체 높은 고승이었다.

현재 나라 시내에 있는 동대사에는 하루에 수만명씩이나 되는 많은 사람들이 구경하러 오고 있다. 물론 우리 한국에서도 많은 관광객들이 찾아가고 있다. 그렇다면 한국과 연고가 큰 자세한 내력을 알고 간다면 더욱 좋을 것 같다는 것이 김수자 시인의 [조선의 향기— '도다이지' 에서]다. "천 3백년 전 삼국 문화가 어우러져/ 아름다이 꽃

피운/ 세계에서 가장 크다는/ 16미터가 넘는 '비로자나 대불' 큰 불상/ 그 앞에 머리 숙이니 우리 선조들의 얼 그윽히/ 숨쉬는 그곳은 지구촌 자랑거리/ 배달의 핏줄이 흐르는/ 조선의 그윽한 향기 넘친다네" (후반부).

동대사 대불당은 하늘에 솟구치듯 웅장하거니와 그 안에는 깜짝 놀랠 만큼 큰 금동불상이 있는데 '비로자나대불' 이다. 온 세상에서 가장 크다고 하는 세계 최대의 금동불상인 '비로자나대불' 의 크기는 앉은 키가 자그마치 16m 19cm나 된다. 누구나 고개를 잔뜩 쳐들고 바라보아야만 할 정도로 큰 불상이다. 누가 이 불상을 언제 만들었을까. 김수자 시인이 지적하듯 이 "비로자나대불 불상을 몸소 지휘하면서 주조한 사람은 백제인 국마려이었다" 고 하는 것이 동대사 문서에도 쓰여 있다([東大寺要錄, 전 10권, 1106, 도다이지요록]).

그 기록을 읽어보니, 불상을 지휘 감독하며 만든 조불사는 나라 왕실 조정의 조불장관이었던 국마려라는 백제 사람 장관이었다. "국마려는 백제의 고관이었던 덕솔 벼슬의 국골부의 손자였다" 는 것도 동대사 고대 문서([도다이지요록])에 자세하게 밝혀져 있다.

그런데 이 큰 비로자나대불을 만들기 위해 성무천황은 돈을 어디서 구해서 대가람을 지을 수 있었던가. 성무천황은 행기 큰스님의 큰 도움을 요청한 것이다. 그 당시 행기스님은 전국에 수많은 신도를 거느리시던 '생불' (살아 있는 부처님) 같은 거룩한 스님이었다.

행기스님은 어떤 인물인가. "행기 큰스님은 서기 668년에, 지금의 일본 오사카부의 사카이시에서 백제인 왕인 박사의 후손으로 속성, 고지(高志) 씨로 태어났다"는 것이 일본 고대불교사며 고승전인 [원형석서]에 기록이 자세히 전하고 있다.

행기스님은 일본 나라지방을 비롯해서 오사카며 전국 각지를 돌면서 포교에 앞장섰던 분이다. 스님은 빈민 구제사업에 진력하면서 집을 지어준다, 곤궁한 농민들을 위해서 저수지며 도랑을 파준다, 다리건설과 방죽을 만들어 주는 등 관개농업을 이끌었다. 그러기에 행기스님이 가는 곳에는 신도들이 구름떼로 이어졌다고 일본 학자들이 고증했다.

오사카의 '사카이'에는 백제인 대승정이었던 행기 큰스님의 생가 '가원사'가 1천 4백년의 긴 역사의 숨결을 이어주고 있어 찾는 이들의 우러름이 경내에 향기롭게 넘치고 있다. 그 곳을 찾아 두 손 모았던 김수자 시인은 뜨겁게 기원한다.

천 개의 촛불 밝혀
제를 올리나이다
백제의 발자취
임 찾는 발걸음 가슴 설레고
선조님들 지혜에
이 심장 뜨겁게 고동칩니다
역사의 정도 앞에
가시덤불 헤쳐가며

맨발로 헤맨 세월
숨겨진 베일 한 겹씩 벗겨질 때
온 몸 떨림으로 임을 맞습니다
이제
오사카땅 행기스님 생가를 찾아
숨겨진 업적 세상에 알리려
어둠 깔린 이 저녁
그칠 줄 모르는 이 열정
제를 올리나이다
천 개의 촛불을 밝혀

— 〔천 개의 촛불 살라〕 전문

오사카에는 강물(大和川)이 시가지 한복판을 시원스럽게 가르며 유유히 흐르고 있다. 이 강가에서 눈길을 끄는 큰 다리가 '행기대교'(行基大橋)이다. 이 대교는 일본의 8세기 나라시대(奈良, 710~784)의 백제인 고승 행기(行基, 668~749) 스님을 추모하는 기념 교량이다. 행기라는 백제인 스님은 1260년 전에 이승을 떠나갔으나 행기대교 하나만 보더라도 그의 명성은 짐작할 만하다. 그의 행적에 관한 일본 학자들의 연구 논문은 1000편 이상이라는 게 일본 고대 역사학계의 통설이다.

사학자 노무라 히데유키(野田秀行) 교수는 "행기대교는 그 옛날 이 고장 구다라노(百済野, 백제들판) 들녘에서 8세기 초엽 고통받던 농민들을 위해 행기스님이 놓았던 큰 다리 터전이다. 근세에 홍수로 떠내려갔던 옛날의 다리를 복구하면서 행기스님을 추모하여 다리 명칭도 현재와 같이 '행기대교'라고 이름지어 만든 것이다. 그의 탄생지는 '행기대교'에서 남쪽으로 멀지 않은 사카이(堺)의 쓰쿠노(津久野)역 인근의 에바라지(家原寺, 가원사)이다. 이곳 가원사를 직접 찾아가 두 손 모았던 김수자 시인은 "역사의 정도 앞에/ 가시덤불 헤쳐가며/ 맨발로 헤맨 세월/ 숨겨진 베일 한 겹씩 벗겨질 때/ 온 몸 떨림으로 임을 맞습니다/ 이제/ 오사카땅 행기스님 생가를 찾아/ 숨겨진 업적 세상에 알리려/ 어둠 깔린 이 저녁/ 그칠 줄 모르는 이 열정/ 제를 올리나이다/ 천 개의 촛불을 밝혀"(후반부)라고 했다.

행기는 8세기 초에 오사카의 바닷가 사카이에서 태어나, 장차 왜 왕실의 조정 최고 대승정(大僧正)이 된 인물이다. 행기 큰스님은 가장 불우한 중생들을 자비와 자선으로 최선을 다해 보살피며 불교 문화를 꽃피운 당대의 살아있는 보살이며 성인(聖人)이었다. 그러기에 일본 불교와 고승을 논할 때, 백제인 행기 대승정을 빼놓을 수 없다.

"쇼무천황(聖武, 724~749 재위)은 나라땅에 동대사를 건립하면서 행기스님에게 비로자나대불을 만드는 데 적극 협조해 주기를 간청했다"([東大寺要錄])고 할 만큼 행기스님의 영향력은 8세기 일본 불교계뿐 아니라 정치·사회·문화적으로 막강했다. 그러기에 행기스님은 78세 때인 745년, 쇼무천황에 의해 일본 최초의 대승정으로 추대됐다. 쇼무천황은 또한 그 이후 4년 만인 749년에 이르자 행기스님 앞에서 스스로 머리를 깎았다. 왕위를 딸에게 넘긴 다음 출가해 승적에 들었다. 그러나 그 해 행기스님은 82세를 일기로 입적했다.

행기스님이 백제인 왕인(王仁) 박사의 후손이라는 사실을 밝힌 사람은 이노우에 가오루(井上薰) 교수였다. 그는 [행기]라는 저서(井上薰 吉川弘文館, 1959)에서 행기가 백제인 왕인 박사의 후손이라고 다음과 같이 밝혔다. "행기(行基)는 덴치(天智)천황이 오우미(近江)의 오쓰궁(大津宮)에서 즉위한 해(서기 668년)에 가와치(河內)의 오토리군(大鳥郡, 지금의 오사카의 사카이)에서 태어났다. 아버지는 고지재지(高志才智)이고 어머니는 봉전씨(蜂田氏)였는데, 고지 씨는 왕인(王仁)의 자손이라고 한다"([大僧正舍利甁記], 대승정사리병기).

[대승정사리병기]는 행기스님의 무덤에서 파낸 사리병 속에서 나온 옛날 기록이다. 이 고대 기록에서 행기스님의 생부가 왕인 박사의 직계 후손인 것이 밝혀졌다. 그뿐 아니라, 일본 고대의 가장 중요한 불교사이며 '역사의 명저(名著)'로 평가되고 있는 고승전(高僧傳)인 [원형석서](元亨釋書)에서도 행기스님은 백제 왕인 박사의 후손이며 백제의 왕손임이 다음과 같이 밝혀지고도 있다.

"釋行基. 世姓高志氏. 泉州大鳥郡人. 百済国王之胤. 天智七年生……"(虎關師鍊, 1278~1346)

"행기는 스가하라지(菅原寺)에서 몸에 병이 나서 2월 2일(749년) 밤에, 임종에 처해서 특히 제자 광신(光信)에게 떠맡겨 이 사찰의 동남원(東南院)에서 타계했다([大僧正舍利甁記] '行基年譜'). 8일에 유언에 따라 제자들은 야마

토의 헤이구리(平群)에 있는 이코마산(生駒山)의 동릉(나라 서쪽 10km에 위치)에서 유체를 화장했다. 행기 스스로 화장할 것을 유언한 것은 그의 스승인 도소(道昭) 스님을 따른 것이리라(필자 주 : 도소스님은 행기의 스승으로서, 행기스님이 18세 때 그 문하에 들어가서 참선했다). 제자인 경정(景靜)은 화장한 유골을 주워서 사리병기에 담았으며, 산 위에다 묘지를 마련했고, 제자 진성(眞成)은 사리병 속에다 행기의 전기(傳記, [大僧正舍利甁記])를 새겨서 이것을 묘지에 묻었다. 묘지는 지금의 지쿠린지(竹林寺)이다."

행기스님이 백제인이라고 하는 사실은 일본 고대의 가장 오래된 불교 전적으로 손꼽히는 [일본영이기](日本靈異記)에도 여러 대목이 일화와 함께 상세하게 전해 오고 있다.

김수자 시인은 우리 조상의 발자취를 대표시 [아지매 모셔 춤추다]에서 진지하게 읊는다.

오게 아지매 오.오.오.오.오게
삐죽이 나뭇가지 사뿐히 들고
바다 건너 한신(韓神) 고이 모셔
제를 올리나이다
조상님 아니시면
황금빛 벼농사 어찌 지었으랴
감읍 감읍 천배 만배
첫 소출 조상님께 올리나이다
벼 나락 씨앗째 문설주에 꽂아놓고

고마우신 농신 조상님 은덕이며
왕인박사 아니시면 백제벼 아니더면
뒷날 금싸라기 아키바리쌀 어찌 먹었으랴
백제 베틀 아니더면 벌거숭이 몸뚱이에
무명옷 어찌 걸칠 수 있었으랴
감읍 감읍 일본 천황 엎드려
백제신 한신(韓神)을 부르는 소리
아지매 오게 오.오.오.오.오게
귀에 쟁쟁 천년 또 천년 숨쉬나이다
이역 땅 자자손손 뿌리 내려 춤추나이다

— 〔아지매 모셔 춤추다〕 전문

일본 왕실 제사춤은 '한신인장무'(韓神人長舞)이다. 이 제사춤의 축문에서 백제신인 '한신'(韓神) 초혼가에는 "아지매 오게 오.오.오.오.오게"라는 우리나라 말이 나온다. 그 현장을 직접 답사한 김수자 시인은 엄숙하게 "오게 아지매 오.오.오.오.오게/ 삐죽이 나뭇가지 사뿐히 들고/ 바다 건너 한신(韓神) 고이 모셔/ 제를 올리나이다/ 조상님 아니시면/ 황금빛 벼농사 어찌 지었으랴/ 감읍 감읍 천배 만배/ 첫 소출 조상님께 올리나이다/ 벼 나락 씨앗째 문설주에 꽂아놓고/ 고마우신 농신 조상님 은덕이며/ 왕인박사 아니시면 백제벼 아니더면/ 뒷날 금싸라기 아키바리쌀 어찌 먹었으랴" 하고 한반도 벼농사가 일본에 보내진 사실을 찬양한다.

일본 교토시의 남쪽 후카쿠사(深草) 지역에는 전통의 명

산인 이나리산(稻荷山)이 아담하게 솟아 있다. 그 산기슭으로 펼쳐지는 큰 사당을 가리켜 후시미이나리대사(伏見稻荷大社)라고 부른다. 이 신사(사당)에 모신 주신은 '우카노미타마노카미(宇迦之御魂大神)' 라는 한반도 농신이다. 이 농신은 쉽게 말해서 이 고장의 벼농사 풍년을 관장할 뿐 아니라 일본 전국 벼농사의 풍년도 지켜주는 종주가 되는 최고의 신령이다. 그래서 일본 전국에는 이곳 이나리대사를 본사로 하는 각지의 '이나리신사' 들이 2만여 곳이나 된다니 엄청난 규모가 아닐 수 없다. 이 사당에서는 해마다 백제신(韓神) 제사춤을 추며 농신(農神) 제사지내는 [한신인장무](韓神人長舞) 춤이 유명하다.

김수자 시인은 그 현장을 답사하여 이 작품을 쓰며 우리의 조상들을 우러른다. "백제 베틀 아니더면 벌거숭이 몸뚱이에/ 무명옷 어찌 걸칠 수 있었으랴/ 감읍 감읍 일본 천황 엎드려/ 백제신 한신(韓神)을 부르는 소리/ 아지매 오게 오.오.오.오.오게/ 귀에 쟁쟁 천년 또 천년 숨쉬나이다/ 이역 땅 자자손손 뿌리 내려 춤추나이다" (후반부)라고.

일본 고대사의 태두(泰斗) 우에다 마사아키(上田正昭, 1927~) 박사가 필자에게 직접 설명해 준 일이 있다. 우에다 마사아키 박사는 필자에게 여러번 후카쿠사의 명소 이나리대사에 대해 "교토의 이나리대사야말로 고대 일본에서 한반도의 벼농사를 일으킨 한국 농업신을 모시고 제사지냈던 유서 깊은 옛 터전으로 결코 망각할 수 없는 사당입니다" 라고 말했다. 우에다 박사는 "해마다 11월 8

일에는 일본 왕실의 11월 23일 밤 제사인 니이나메노마쓰리(新嘗祭) 때와 똑같은 제사가 이나리대사에서 거행됩니다. 이때 제사의 무용 음악인 '어신악(御神樂)' 이 거행됩니다. 물론 이 제사에서도 왕궁 어신악과 똑같은 한신(韓神)이라는 백제신을 모시는 신내리기의 강신(降神) 축문이 낭독됩니다. 이 제사 때에 거행되는 제사 춤은 역시 일본 왕실과 똑같은 '한신인장무' (韓神人長舞)라는 제사춤입니다. 언제 한 번 11월 8일에 저와 함께 직접 가 보시죠. 궁사님도 소개해 드리죠" 라고 상세히 설명했다.

결국 필자는 우에다 박사의 안내로 2006년에 현장에서 직접 백제신 '한신인장무' (韓神人長舞)라는 일본 왕실 제사춤을 구경하게 되었다. 그 뿐 아니라 필자 일행 김수자 시인과 역사학자 등, 일본 속 역사문학 학술탐방단 일행을 위하여 그 후 몇 차례나 직접 공연해 주어 우에다 박사와 나카무라(中村) 궁사에게 매우 고맙게 여기고 있다.

일본 속의 민족사 탐방과 더불어 김수자 시인은 큰 자제 권욱현 씨가 수학(박사학위 과정)하고 있는 미국 버클리대학도 현지 방문하고 자제를 격려하며 시를 썼다. 첫 시집에 담았기에 그 의미가 크다고 본다. 함께 감상해 본다.

태평양의 푸른 바다
캘리포니아의 파란 하늘
부드러운 바람 작은 꽃잎에게
속살거릴 때

태양은 힘차게 솟아오르는 곳
세계에서 모여든 석학들이
온 힘 다해 쌓아올리는 상아탑
높이 솟은 써더탑 앞에 서면
멀리 보이는 금문교 넘어
태평양의 원대한 꿈을 품고
배움을 불태우는 젊은 열정들
부드러운 바람이 이마를 식혀 준다

알바니 빌리지에는
아가들의 힘찬 울음소리
해맑은 웃음소리
푸른 잔디 위에 피어나고
꿈과 희망 지구촌 보석들이
저마다 더 빛을 내기 위해
학문을 갈고 닦는 곳
희망찬 버클리의 아침이여
빛나는 태양이여
영원 무궁하여라

— 〔버클리의 아침〕 전문

김수자 시인은 기행시인(紀行詩人)이기에 이렇듯 자모(慈母)로서의 온후한 시를 몇편 함께 엮었기에 독자들이 함께 읽는 즐거움도 클 것 같다.

마지막으로 향토적 삶의 참 이미지를 추구하는 김수자

시인의 시 [색실 베짜기]를 함께 감상해 보자.

빗줄기를 씨줄로
바람을 날줄로 베를 짜자

괜스레 얼굴 붉혀
참꽃 뒤에 숨던 연분홍 색실

엄마 얼굴에 비친 노을
지금도 선한 주황색

녹음 짙은 싱그런 초록색
엄마 무덤가에 핀 할미꽃 부드러운 자색

한 여름 느티나무 가지 울어대는
매미의 울음소리는 무슨 색일까

가을 머리 숙인 눈부신 황금 들녘
어쩌면 반가운 이가 올 것 같은
눈 내리는 날은 하얀 색실로 엮어보자

격정의 붉은 색 실연의 뿌연 색
하늘 닮은 푸른 색 넣어 베를 짜서

오늘도 동구 밖 바라보는 그리움 절어

가슴 시린 할미에게
포근한 이불이나 되어 줄까

— 〔색실 베짜기〕 전문

김수자 시인은 이 시에서 남달리 섬세한 시어 구사로 짙은 낭만적 서정성을 밀도 있게 이미지로써 효과적으로 살려내고 있다. 전체적인 구성이 2행 형식의 특징을 보이면서 밀도 있는 세련된 솜씨로 삶의 콘텐츠를 노래하는 역동적 율동의 리듬감마저 살려내고 있다. 기승전결로 구성된 참다운 한국인의 소박했던 생활 정서를 우리 전통의 정(情)과 한(恨)을 담아 독자에게 향토색 짙은 계절감을 통해 강물 흐르듯 호소력 있게 묘사하여 감동을 자아내게 한다. 티없이 깔끔하고 물씬한 정감 넘치는 분위기 속에 이 시는 삶의 발자취를 가식없이 엮어낸 솜씨가 돋보인다.

필자로서는 이번 뜻 깊은 첫시집을 계기로 김수자 시인의 일본 속의 민족사 탐방시가 계속 우리 한국시단에 빛날 것을 기대하며 더욱 정진할 것을 권유 드린다.

아지매 모셔 춤추다

•

지은이 / 김수자
발행인 / 김재엽
펴낸곳 / 한누리미디어
디자인 / 지선숙

•

121-840, 서울시 마포구 서교동 395-13 서원빌딩 2층
전화 / (02)379-4514, 379-4519
Fax / (02)379-4516
E-mail/hannury2003@hanmail.net

•

신고번호 / 제300-2006-61호
등록일 / 1993. 11. 4

•

초판발행일 / 2009년 5월 15일

•

•

값 7,000원

•

•

ISBN 978-89-7969-336-2 03810